L'ÉPINGLE.

Bluet,

.PAR PAUL-EUGÈNE BACHE.

PARIS. — 1837.

DE L'IMPRIMERIE DE L. B. THOMASSIN ET COMP.,
RUE DES BONS-ENFANTS, 34.

L'ÉPINGLE,

BLUET,

PAR

Paul Eugène Bache.

PARIS. MDCCCXXXVII.

IMPRIMERIE DE L. B. THOMASSIN ET COMP.,

Rue des Bons-Enfants, 34.

À MADEMOISELLE

Amélie Dumoutier.

P. E. Vache.

L'ÉPINGLE.

De parvis magna.

Le dieu qu'on adore à Cythère
De ses traits , dans le fond des bois ,
Poursuivait aimable bergère.....
Quand soudain du divin carquois
Tombe une flèche étincelante.....
Le Zéphyr, sur ses ailes d'or ,
Recueille le brillant trésor ,
Puis à la Mode il le présente.
La déesse assemble sa cour :

Lutins, Farfadets et Sylphides,
Gnomes, Follets aux corps fluides,
Diaphanes enfants du Jour,
La Fantaisie et l'Élégance,
La Parure et la Vanité,
Le Goût, le Faste, l'Opulence,
L'Éclat et la Frivolité,
Ces divinités mensongères,
Avec les Grâces, les Chimères
Qui président à la Beauté,
Toutes accourent. Grande affaire !
Faut-il briser l'arme légère,
La garder ou la rendre aux dieux ?
On discute, l'on délibère ;
Le Hasard engage à se taire,
L'Envie à se cacher des cieux ;
L'Usage en vain plaide sa cause :
La Mode à la Beauté propose
D'en faire un éclatant cadeau.....
On applaudit !.... et la Parure
Voit déjà dans sa chevelure
Briller un ornement nouveau ;

Mais la Beauté veut que la Mode,
Pour adopter son nouveau don,
Construise un instrument commode
Du dard ailé de Cupidon,
Qui lui serve et qui la défende,
Hélas! et la flèche est trop grande!...

La Ruse approche, et le Désir
Excitant l'adroite Malice,
Aidé du plus simple artifice,
Promet qu'il va tout aplanir
Et satisfaire le Caprice.
Sur les autels de la Pudeur
On dépose l'arme dorée:
L'Hymen de sa flamme sacrée
Fait rougir le métal vainqueur.
Sous l'haleine des Salamandres
Le feu jaillit en bleus reflets;
Bientôt les plumes sont en cendres,
Et l'or se tire en longs filets.

A la parer chacun s'empresse :
Les Sylphides lui font présent
De leur taille et de leur souplesse ;
Entre les mains de la Richesse
Elle revêt coquettement
Une tunique aux plis d'argent.
Jaloux des droits de l'indiscrète ,
Mais sensible encore aux amours,
En une perle aux doux contours
Le Plaisir arrondit sa tête ;
Tandis que le Désir malin ,
De nouveautés toujours avide ,
Pour doubler l'attrait du larcin,
L'arme d'une pointe homicide !....

Vénus, de l'immortel séjour ,
Sourit à la métamorphose ;
Son fils lui-même , je suppose ,
Fut charmé d'un si joli tour.
La Mode, frivole, inconstante ,

Crut chez nous jeter l'épouvante,
Et créa l'Épingle élégante,
Qu'elle offrit au monde, en retour
Du trait qu'avait perdu l'Amour.

Fille d'une cour éphémère,
Petit joyau plein de dangers,
Toi qui souvent veux de ta mère
Fixer en vain les goûts légers,
Épingle, à la robe argentée,
Quoi de plus pur que ton destin !
Ta vie est une onde enchantée
Qui court, mollement emportée
Entre la moire et le satin.
La nuit, rêveuse, tu reposes
Au milieu des lis et des roses ;
Et quand paraît le gai matin,
Quand la beauté fraîche et vermeille
Sourit au baiser qui l'éveille,
On te cherche, d'un œil jaloux,

Parmi les riches bagatelles,
Parmi les flacons, les bijoux,
Parmi la gaze et les dentelles,
Parmi les tendres billets-doux !

Sans toi la pudique Innocence,
Séduite au souffle de Zéphyr,
Perdrait son voile, et la Décence
Serait moins piquante au Désir.
Tu protéges taille légère
D'un double et perfide rempart,
Et si quelque main téméraire
Attente aux charmes du mystère,
Tu la déchires sous ton dard.
Parfois ton pâle éclat se glisse
Sous des plis souples et soyeux ;
Parfois en escadrons nombreux
Tu dresses ton émail moins lisse,
Quand la beauté *de ses cheveux*
Bâtit le galant édifice.

Pour toi l'on retourne au miroir ;
Tout se révèle à ton ivresse :
Baisers, soupirs, transports, caresse,
Et les doux péchés du boudoir !...

Précieux appui de la Toilette,
Toi que Vénus de ses faveurs
Prend tous les jours pour interprète,
Sais-tu le prix que la coquette
Attache à de pareils honneurs?
Le premier, c'est d'être discrète ;
C'est de nous faire deviner
Les trésors qu'une femme tendre
A tant de joie à laisser prendre,
Et tant de honte à nous donner !
Tu dois irriter notre flamme
Près de la timide beauté ;
Et dès que l'espoir nous enflamme,
Tu dois, pour embraser notre âme,
Nous dérober la volupté !

O toi qui soutiens et qui places
Autour de la taille des Graces
Cette écharpe, présent des dieux,
Cette écharpe qui rend si vives
Les couleurs d'un œil amoureux,
Souviens-toi qu'aussi tu captives
Le bandeau qui ravit le jour
Aux yeux de l'indiscret Amour!...

Défends toujours avec prudence
La Beauté soumise à tes lois ;
Crains les projets de l'Espérance,
Mais ne laisse pas la Constance
Sur ton dard se piquer les doigts :
Tu peux venger une cruelle
Sans pousser aussi loin ton zèle....
Il faut pardonner quelquefois !
Prête à la paix, brille et menace ;
Ne permets pas qu'un bras se passe
Sous un beau bras sans se blesser :

Ta pointe ne doit s'émousser
Que sur les charmes de la Grace.
Du Dépit fais couler les pleurs,
Perce au sein des bouquets de fleurs,
Que par toi les femmes soient reines!...
Vénus, pour ces soins enchanteurs,
Par un souris paîra tes peines!

La Beauté trouvera toujours,
Dans l'Épingle vive et fragile,
Contre l'Audace un prompt secours,
Et pour la Mode une arme utile.
L'Épingle!.. adorable instrument!...
L'Épingle à la vierge crédule
A conquis plus d'un tendre amant:
Oter l'Épingle à l'Ornement,
C'est ravir l'envie au scrupule,
Ravir l'épée au conquérant,
Et la massue au grand Hercule!

La femme est un divin palais,
Habité par de chastes fées ;
Qui, pour protéger leurs attraits,
Dont le Bonheur fait des trophées,
A l'Amour empruntent ses traits.
Hélas ! en vain notre délire
Se pique à ce sexe charmant,
En vain notre cœur s'y déchire.....
De nous plaire et de nous séduire
Il a toujours l'heureux talent !
C'est qu'il faut au Désir volage
Un aiguillon pour l'enflammer :
Sous le velours de son corsage,
L'abeille, habile à nous charmer,
Cache un dard.... et pourtant l'abeille,
Dont jamais l'ardeur ne sommeille,
Invite à dérober son miel.
En vain, dans sa course pressée,
Le papillon, enfant du ciel,
Fatigue et l'œil et la pensée ;
En vain la rose et le bouton
Semblent croître sur une épine ;

Toujours l'œil suit le vermillon,
Et la main, la fleur purpurine....
Pour les cueillir Amour fripon
Voltige et puis long-temps badine
Sur la rose et le papillon !...

FLEUR DONNÉE.

L'autre soir, aimable bergère,
Poussé par d'indiscrets amours,
J'assistais au galant mystère
Que ta beauté vive et légère,
Dans sa toilette, offre aux atours ;
Quand soudain l'adroite Parure,
Qui façonnait tes doux attraits,
Laissa tomber de ta ceinture

Un de ces innombrables traits
Qui des charmes sont la serrure.
Sur un trésor si précieux
Si j'ai jeté ma main avide ;
Dans mes transports harmonieux,
Si pour toi, nouveau Simonide,
Croyant chanter le dieu de Gnide,
J'ai modulé des vers heureux,
A mon erreur feras-tu grâce?..
La faute en est toute à mon cœur ;
Si je mérite une disgrâce,
Que l'Amour seul en ait la peur :
De voir si discret et si sage
Un enfant qu'on dit si volage,
Mon âme était tout aux abois :
J'ai pris tes yeux pour son image,
Et ta taille pour son carquois !

www.ingramcontent.com/pod-product-compliance
Lightning Source LLC
Chambersburg PA
CBHW061527170626

46811CB00004B/1881